Tschick

In Einfacher Sprache

Spaß am Lesen Verlag
www.einfachebuecher.de

Diese Ausgabe ist eine Bearbeitung von *Tschick* von Wolfgang Herrndorf.
Lizenzausgabe mit Genehmigung der Rowohlt. Berlin Verlag GmbH, Berlin

Text Originalfassung: Wolfgang Herrndorf
Text in Einfacher Sprache: Andreas Lindemann
Cover-Design: Jurian Wiese
Umschlagmotiv: Shutterstock
Satz und Gestaltung: Nicolet Oost Lievense
Foto von dem Schriftsteller: ANP

10. Auflage: 2022

ISBN 978 3 944668 03 1

Wolfgang Herrndorf

Tschick

In Einfacher Sprache

Schwierige Wörter oder Ausdrücke sind unterstrichen. Die Erklärungen stehen in der Wörterliste am Ende des Buches.

Inhalt

Vorwort

Maik und Tschick sind zwei Jungs aus Berlin. Man könnte sagen: Der eine ist ein Streber, der andere ein Asi.

Maiks Eltern haben eine Menge Kohle. Nicht mehr so viel wie früher, aber immer noch genug. Maik wohnt in einem tollen Haus in einer reichen Gegend. Er bringt gute Noten nach Hause und hat sogar einen Pool im Garten.
Glücklich macht Maik das alles aber nicht. Denn da gibt es auch viele Probleme in seinem Leben. Maik hält nicht viel von sich. Er ist unglücklich verknallt und hat keine Freunde. Von seinen Eltern wird er vernachlässigt. Seine Mutter ist Alkoholikerin und sein Vater ein Arsch. Er schlägt Maik und geht fremd.

Tschick kommt aus Russland und lebt erst seit ein paar Jahren in Deutschland. Er wohnt mit seinen Eltern und seinem Bruder in einem schäbigen Hochhaus. Seine Eltern haben nämlich keine Kohle. Tschick säuft und klaut. Und wer weiß, was er sonst noch treibt. Aber Tschick ist auch ein cooler Typ. Mit seinen 14 Jahren hat er es schon echt drauf und hat kapiert, wie es im Leben läuft.

In den Sommerferien klaut Tschick einen uralten Lada. Die beiden müssen nicht lange überlegen. Sie beschließen einfach in den Lada zu steigen und abzuhauen. Weg von zu Hause. Weg von den Problemen. Weg von dem ganzen Theater. Und: Maik will sich damit etwas beweisen. Er will wenigstens einmal in seinem Leben kein totaler Langweiler und Feigling sein.

Ihre Fahrt wird eine abenteuerliche Irrfahrt quer durch den Osten. Flucht vor den Bullen, ein Mädchen, Maiks erster Joint. Alles ist dabei. Doch dann kommt's plötzlich ganz anders als geplant …

Tschick

Hi! Ich bin Maik. Maik Klingenberg. Ich bin 14 und wohne in Berlin. Da geh ich auf ein Gymnasium, in die achte Klasse. Ich bin ganz gut in der Schule. Besonders in Deutsch, Sport und Kunst. In Mathe nicht so.

Nach den Osterferien brachte unser Geschichtslehrer einen neuen Schüler in die Klasse. Unser Geschichtslehrer hieß Wagenbach. Wagenbach war ein guter Lehrer. Nicht so dumm wie die meisten anderen. Aber Wagenbach war auch ein echt strenges Arschloch. Da redete man lieber nicht, da machte man besser keinen Scheiß.

Der neue Schüler hieß Tschick. Tschick kam aus Russland und lebte seit vier Jahren in Deutschland. Er wohnte in einem dieser hässlichen Hochhäuser. Weil er arm war. Das sah man auch. Tschicks Klamotten waren alt, dreckig und zerrissen. Und sie waren billig gewesen.

Tschick sprach langsam und hatte eine komische Aussprache. Eigentlich sprach er ja russisch.
Er wirkte immer müde und abwesend. Man hatte den Eindruck, er bekommt nicht viel mit.
Aber Tschick war nicht doof.

Er war zuerst auf die Förderschule gegangen. Und jetzt war er auf dem Gymnasium. Er hatte sehr schnell Deutsch gelernt. Das schaffte man nur, wenn man schlau war. Und fleißig. Wagenbach sagte: „Ich finde das sehr ungewöhnlich. Und bewundernswert!" Tschick fand das nicht.

Tschick saß ganz hinten in der Klasse. Und obwohl ich weiter vorn saß, konnte ich es riechen. Tschick stank nach Alkohol. Nicht jeden Tag. Aber oft. Ich wusste, wie das roch. Wie es stank. Weil meine Mutter auch Alkohol trank. Viel Alkohol. Sie war Alkoholikerin.

Tschick machte im Unterricht nicht mit. Wenn ein Lehrer ihn was fragte, sagte er: „Ja" oder „Nein" oder „Weiß nicht". Er störte aber auch nicht. Tschick hatte keine Freunde und er suchte auch keine.

Nach ein paar Wochen gab es die erste Mathearbeit zurück. Ich schaffte eine Zwei minus, Tschick hatte eine Sechs. Herr Strahl, der Mathelehrer, stand vor Tschick und sprach mit ihm darüber. Tschick guckte ihn nicht an. Er nickte nur und kaute sein Kaugummi. Das tat er immer, wenn er gesoffen hatte. Damit er nicht so stank. Und dann passierte es: Tschick war so besoffen, dass er vom Stuhl kippte – genau vor Strahls Füße!

Das war auch der Grund für die Sechs. Tschick hatte die Mathearbeit besoffen geschrieben. Bei der nächsten Arbeit war er nüchtern. Und er schrieb eine Zwei. Dann war er wieder besoffen und bekam eine Fünf.

Die Lehrer konnten es kaum glauben. Sie sprachen ein paarmal mit Tschick. Sie sagten, er sei doch klug. Er könne doch gute Noten haben. Aber er dürfe nicht mehr betrunken zur Schule kommen. Die Gespräche halfen. Tschick war immer seltener besoffen, und seine Noten wurden auch besser.

Tatjana

In meiner Klasse war ein Mädchen, das hieß Tatjana. Tatjana war das schönste Mädchen auf der Welt. Alles an ihr war super. Ihr Aussehen. Ihre Stimme. Ihr Lachen. Ihre Haare. Einfach alles. Ihr könnt euch denken: Ich war wahnsinnig verknallt in sie. Sie aber nicht in mich. Auch klar. Weil ich ein totaler Langweiler bin. Eine richtige Schlaftablette. Und ein Feigling bin ich auch.

Tatjana hatte bald Geburtstag. In den Sommerferien. Sie wurde 14 und wollte groß feiern, mit Übernachtung und allem. Und alle sollten eingeladen werden.

Die ganze Klasse sprach davon, schon Wochen vorher. Ist ja klar, dass ich wahnsinnig aufgeregt war. Ich dachte nur noch über ein Geschenk für Tatjana nach. Sie fand Beyoncé toll, und da kam mir die Idee: Ich wollte ein Bild von Beyoncé für sie zeichnen!

Ich konnte ja nicht viel, aber zeichnen konnte ich. Ich zeichnete mein Bild nach einem Foto von Beyoncé. Ich zeichnete wochenlang und gab mir wirklich Mühe. Und das sollte man auch sehen. Tatjana sollte sehen, wie verknallt ich in sie war.

Nach vier Wochen war ich fertig. Meine Beyoncé sah super aus, fast wie auf dem Foto. Und ich hatte ihr Tatjanas Augen verpasst.

Jetzt fehlte mir nur noch eine Einladung. Hoffentlich bekam ich eine! Tatjana verteilte sie am letzten Schultag. Ich wartete bis zur letzten Stunde, bis nach den Zeugnissen. Aber ich bekam keine. Tschick auch nicht. Und der Nazi aus unserer Klasse auch nicht. Klar: Langweiler und Asis waren nicht eingeladen.

Maik und Tschick

Nach der Schule sprach mich Tschick an. Wir hatten noch nie miteinander geredet. Und ich glaube, er hatte auch noch nie jemanden vor mir angesprochen. Tschick hatte keine Freunde in der Klasse, und er hatte auch keine gesucht. Bislang jedenfalls.

„Geile Jacke", sagte er. „Ich kauf sie dir ab."
„Das ist meine Lieblingsjacke", antwortete ich. „Die verkauf ich nicht."

Es war wirklich meine Lieblingsjacke. Sie war schwarz und hatte auf der Brust einen weißen Drachen. Das sah total billig aus, und die Jacke war auch tatsächlich billig gewesen. Aber es sah auch toll aus. Und gefährlich.

Ich dachte: Mit der Jacke sieht man nicht gleich, wo ich herkomme. Ich meine, aus einer reichen Gegend. Und ich dachte: Mit der Jacke sieht man nicht gleich, dass ich feige bin. Und wehrlos. Sie war ein Schutz für mich. Eine Verkleidung, in der ich mich sicherer fühlte.

„Nerv ich dich?", fragte Tschick. „Dann sag Bescheid!"

Ja klar, dachte ich. Und dann krieg ich eine in die Fresse, oder was?
„Bist du sitzen geblieben?", fragte Tschick weiter.
„Nein", antwortete ich.
„Ich frag nur, weil du so mies aussiehst."
Na klar, ich sah traurig aus. Ich war sogar richtig unglücklich. Ich hatte schließlich keine Einladung bekommen.

„Und was machst du jetzt?", fragte Tschick.
„Ich geh nach Hause."
„Und dann?"
„Weiß nicht."

Tschick ging weiter neben mir her, sagte aber nichts. Ich auch nicht. Dann kamen wir zu den Hochhäusern, wo Tschick wohnte. Wir verabschiedeten uns und Tschick ging nach Hause. Ich fand ihn ganz nett.

Allein zu Hause

Ich war wieder zu Hause. Wir hatten jetzt Sommerferien, und ich sah Tatjana sechs Wochen nicht. Wie sollte ich das bloß aushalten?

Ich nahm meine Beyoncé-Zeichnung und schaute sie lange an. Dann zerriss ich sie langsam. Als der Riss an Beyoncés Stirn war, fing ich an zu heulen.

Es klingelte an der Tür. Es war das Taxi für meine Mutter. Sie musste wieder in die Entzugsklinik. Diesmal für vier Wochen. Um vom Suff wegzukommen.
„Los, geh rauf und sag deiner Mutter Bescheid!", schnauzte mich mein Vater an. Meine Mutter war im Schlafzimmer. Sie saß im Pelzmantel da und war betrunken. Ich half ihr auf und trug den Koffer runter. Mein Vater brachte sie zum Taxi.

Als sie weg war, kam er zu mir. Er hatte diesen Gesichtsausdruck, der so viel bedeutete wie: Ich bin dein Vater und ich muss mit dir sprechen. Über was Wichtiges.

Er war schon einmal mit diesem Gesichtsausdruck zu mir gekommen. Als unsere Haustiere und meine Schildkröte verschwunden waren.

Er hatte sie verschwinden lassen. Angeblich wegen einer Allergie. Ich glaube, er hat sie umgebracht.

Er kam also zu mir und sagte: „Ich muss dich zwei Wochen allein lassen, ist was Geschäftliches. Ich geb dir 200 Euro, und mach keinen Scheiß! Hörst du? Wenn du Scheiß machst, gibt es richtig Ärger!"

Es klingelte. Diesmal war es Mona. Sie war eine Mitarbeiterin meines Vaters. Und seine Freundin. Mein Vater ging fremd mit Mona. Meine Mutter wusste das. Und ich glaube, sie ging auch fremd.

Mona sah super aus und lachte die ganze Zeit. Und sie war nur ein paar Jahre älter als ich. 19 oder so. Jedenfalls holte Mona meinen Vater ab. Sie hatte ganz kurze und enge Sachen an. So, dass man alles sehen konnte. Das wurde sicher keine Geschäftsreise. Die beiden fuhren zusammen in Urlaub.

Zum Abschied ermahnte mich mein Vater noch mal, dass ich bloß keinen Scheiß machen soll. Dann nahm er seinen Koffer, legte den Arm um Mona, und weg waren sie.

Ich knallte die Tür hinter ihnen zu und fing wieder an zu heulen.

Tschick kommt vorbei

Am Abend saß ich vor der Haustür. Es war noch warm, und die frische Luft tat mir gut. Ich atmete tief durch.

Die Nachbarn gegenüber grillten, und einer der Söhne winkte rüber. Ich grüßte aber nicht zurück. Er war nämlich ein Arschloch. Alle unsere Nachbarn waren Arschlöcher. Reiche Arschlöcher. Vielleicht wurde man automatisch zum Arschloch, wenn man viel Geld hatte. Wir hatten viel Geld, und mein Vater war auch ein Arschloch.

Allerdings war bei uns nicht mehr so viel Geld da wie früher. Im Gegenteil. Die Geschäfte liefen nicht mehr so gut. Mein Vater hatte sogar ziemliche Probleme und war immer unterwegs und gestresst deswegen.

Jedenfalls drehte ich mich schnell weg von den Nachbarn. Und wen sah ich da? Tschick! Er fuhr auf einem alten, kaputten Fahrrad. Es quietschte, und ein Reifen war platt.

Tschick sah mich und freute sich riesig. „Hier wohnst du? Schönes Haus!“, sagte er. „Stell dir vor, ich hab grad ´nen Platten gekriegt!

Hast du Flickzeug?“ Ich holte welches und half ihm beim Flicken.

Als wir fertig waren, gingen wir ins Haus. Tschick fand es super, besonders das Schwimmbecken im Garten. „Geiler Pool!“, sagte er. Wir redeten noch ein bisschen, dann spielten wir Computer. Ein Auto-Rennspiel.

„Gehst du zu Tatjanas Feier?“, fragte Tschick.
„Nein“, sagte ich. „Ich bin ja nicht eingeladen.“
„Du bist nicht eingeladen? Ich auch nicht. Echt scheiße, sind so viele Weiber da!“
Tatjana war da, das reichte mir.
„Ja, echt scheiße“, sagte ich.
Wir spielten weiter und redeten nicht mehr davon.

Freiheit!

Am nächsten Morgen wachte ich so früh auf wie immer. Mir wurde aber sofort klar: Es sind Sommerferien. Ich bin allein. Ich hab das Haus für mich. Und ich kann tun, was ich will!

Ich machte unten im Wohnzimmer ganz laut Rockmusik an und öffnete die Terrassentür. Dann setzte ich mich ans Schwimmbecken. Mit Cola, Chips und meinem Lieblingsbuch. Es ging um die wilden Abenteuer eines 15-jährigen Jungen. Superspannend! Ich hängte die Füße ins Wasser und schlug das Buch auf.

Aber ich war zu aufgeregt zum Lesen. Weil ich allein war. Wie ich an Tatjana denken musste. An ihre Feier. Und daran, dass ich nicht eingeladen war.

Plötzlich klingelte es an der Tür. Es war Tschick.
„Hast du Lust auf einen kleinen Ausflug?", fragte er.
„Mit dem Fahrrad oder was?"
„Nee. Mit meinem Auto!"

Einmal um den Block

Tschick hatte in unserer Auffahrt ein altes, verbeultes Auto abgestellt. Ein Lada. „Ich weiß, sieht schlimm aus“, sagte Tschick. „Fährt aber noch.“

Von innen sah der Lada noch schlimmer aus als von außen. Unter dem Lenkrad hingen Kabel raus. Tschick hatte das Auto einfach kurzgeschlossen und geklaut!

„Bist du verrückt? Du kannst doch nicht einfach ein Auto klauen!“
„Der ist nicht geklaut, nur geliehen“, sagte Tschick. „Ich stell ihn nachher wieder hin. Das hab ich mit meinem Bruder schon oft gemacht. Komm, lass uns ´ne Runde fahren! Einmal um den Block.“
„Auf keinen Fall, ich bin doch nicht bescheuert!“
Kurz darauf stieg ich aber doch ein. Ein einziges Mal wollte ich nicht langweilig und feige sein.

Wir fuhren los, und ich hatte echt Schiss. Ich meine: Tschick hatte keinen Führerschein. Er war ja erst 14. Aber er fuhr Auto, und ich saß drin!

Die ersten paar 100 Meter ging alles gut. Es war nicht viel los in meinem Viertel. Außer uns war niemand unterwegs. Aber dann!

Dann fuhren wir plötzlich auf einer riesigen Straße. Vier Spuren, und überall waren Autos!

Jetzt bekam ich richtig Angst und sagte: „Dreh wieder um! Bitte!“
Tschick grinste. Aber er tat mir den Gefallen und fuhr wieder zurück. Er fuhr sogar ganz gut, nicht viel schlechter als mein Vater.

„Bist du eigentlich schwul?“, fragte Tschick plötzlich.
„Was?“ Ich war total überrascht.
„Ich hab dich gefragt, ob du schwul bist.“
„Du spinnst wohl!“
Tschick fragte nicht weiter, und damit war das Thema erledigt. Ich hatte noch nie über so was gesprochen, und ich wollte es auch nicht.

Wir hielten an einer roten Ampel. Ein altes Ehepaar ging über die Straße und sah uns. Na super, dachte ich. Die rufen jetzt bestimmt die Polizei. Ich wünschte es mir sogar ein bisschen, dann wäre endlich mal was los.

„Heute ist Tatjanas Geburtstagsfeier“, sagte ich.
„Ich weiß“, antwortete Tschick. „Wenn sie mich eingeladen hätte, hätte ich ihr ´ne CD geklaut. Würdest du gern hingehen?“

„Na klar. Ich hab sogar ein Geschenk für sie."
„Echt? Was denn?"

Als wir wieder bei mir waren, zeigte ich Tschick meine Beyoncé-Zeichnung. Den Riss hatte ich wieder zusammengeklebt. Er schaute sie ganz genau an, dann sagte er: „Du bist ja in Tatjana verknallt!"

Tschick meinte das ernst, er wollte mich nicht verarschen. Tschick konnte echt komisch sein, aber eben auch ernst. Das mochte ich an ihm.

„Und was machst du jetzt mit der Zeichnung?", fragte Tschick.
„Ich weiß nicht. Was meinst du?"
Tschick dachte kurz nach. „Gib sie Tatjana. Wir fahren zur Feier und dann gibst du sie ihr."

Tatjanas Geburtstagsfeier

„Niemals fahr ich da hin, ich bin nicht eingeladen!“
„Und weißt du, warum du nicht eingeladen bist?“
„Ich bin langweilig und sehe scheiße aus.“
Tschick schüttelte den Kopf. „Der Grund ist: Es gibt keinen Grund, dich einzuladen. Weil du nicht auffällst. Du musst auffallen, Mann!“ Er machte eine Pause. Ich sagte nichts. „Und jetzt zieh deine geile Jacke an. Nimm deine Zeichnung. Und schwing deinen Arsch ins Auto!“

Ehrlich gesagt: Ich war froh, dass wir zur Feier fuhren. Ich hatte schließlich die letzten Wochen an nichts anderes gedacht. Und wenn ich mich jetzt mit meiner Zeichnung zum Vollidioten machte: Dann war das eben so.

Das Haus war leicht zu finden. Es war hell erleuchtet. Schon draußen dröhnte die Musik. Vor dem Haus und in der offenen Haustür standen unheimlich viele Leute. Außer uns (und dem Nazi) war wohl wirklich jeder eingeladen. Tatjana stand auch draußen. Ich sah sie sofort.

Tschick fuhr langsam am Haus vorbei und hielt dann an. „Alles klar, los geht's“, sagte er und stieg aus. Ich dachte nur: Was für eine Scheiße!

Tschick ging auf Tatjana zu, ich kam mit meiner Zeichnung hinterher. Tatjana sah Tschick an, als würde sie ihn nicht sofort erkennen. Und so war es wohl auch. Denn er sah anders aus als sonst. Ich hatte ihm Klamotten von mir geschenkt. Er trug jetzt Jeans und Jackett, hatte Gel im Haar und meine Sonnenbrille auf der Nase. Tschick sah nicht mehr aus wie der letzte Arsch, sondern echt gut.

Plötzlich stand ich neben Tatjana. Sie sah supertoll aus und guckte mich genauso überrascht an wie vorher Tschick. „Hier. Beyoncé. Eine Zeichnung. Für dich“, stotterte ich und gab ihr meine Zeichnung.

Tatjana starrte verblüfft auf das Blatt. Sie war sprachlos. Tschick gab mir einen Stoß, und wir gingen zurück zum Auto. Er startete den Lada, wir fuhren los. Oh Mann, was war ich erleichtert!

Sekunden später sausten wir am Haus vorbei und mit 60 in die nächste Kurve. Und Tatjana stand immer noch da und starrte auf die Zeichnung.

Und wenn wir einfach wegfahren?

Am nächsten Tag spielten wir stundenlang Computer, ließen uns mit Arschbomben in den Pool fallen und unterhielten uns. Als wir abends mit einem Bier im Garten saßen, sagte Tschick: „Und wenn wir einfach wegfahren? Wenn wir einfach in den Lada steigen und losfahren?“

Ich dachte kurz nach. „Und“, frage ich ihn: „Angenommen, wir machen das. Wo sollen wir denn hin?“
„Ich hab einen Opa in der Walachei. Den könnten wir besuchen.“
„Wo? In der Walachei? Es gibt keine Walachei. Walachei ist wie Pampas. Plattes Land. Nix los da.“
„Wie, es gibt keine Walachei? Mein Opa wohnt aber in einem Land, das heißt Walachei. Und da fahren wir morgen hin.“

Tschick war wieder ernst geworden. Ich auch. Wir redeten noch eine Weile, tranken Bier und aßen Chips. Und ich muss sagen: Ich hatte mich noch nie so gut mit jemandem verstanden wie mit Tschick. Bevor ich ins Bett ging, googelte ich noch nach Walachei. Das ließ mir jetzt keine Ruhe. Und – ihr werdet es nicht glauben: Tschick hatte recht! Die Walachei gab es wirklich!

Das Abenteuer beginnt

Tschick kam schon frühmorgens, noch bevor es hell wurde. Wir luden gleich den Lada voll. Mit allem, was wichtig war. Brot, Konserven, Zelt, Luftmatratzen. Das Auto wurde immer voller. Wir packten zu viel ein und mussten überflüssige Sachen wieder auspacken.

Die 200 Euro von meinem Vater nahmen wir auch mit. Handys ließen wir da. Blöder Fehler! Tschick sagte: „Damit uns nicht jeder Schwanzlutscher orten kann!" Womit er wohl meinte: „Damit uns die Polizei nicht über die Handys finden kann!"
Wir fuhren geradewegs raus aus Berlin. Fuhren durch Vororte, über abgelegene Wege und einsame Landstraßen. Es war das Schönste und Seltsamste, was ich je erlebt hatte. Fahren ohne Erwachsene. Es war eine ganz andere Welt. Irgendwie wirklicher. Die Farben leuchtender. Die Geräusche waren wie Musik. Die Sonne ging auf.
Wir hatten übrigens keine Karten dabei. Keine von Deutschland. Und schon gar keine von Rumänien. Die Walachei lag nämlich in Rumänien! Wir hatten einen Stadtplan von Berlin, und das war es auch schon. Tschick wollte keine Karten mitnehmen. „Karten sind für Muschis", hatte er gesagt. Wir wussten aber, Rumänien lag südlich.

Also fuhren wir in die Richtung, die wir für Süden hielten.

Im Lada war noch eine alte Musikkassette. Klaviergeklimper, Mozart oder so was. Na ja, besser als nichts. Ich musste an Tatjana denken. Wie sie mich angeguckt hatte, als ich ihr die Zeichnung gab.

Das Geklimper wurde immer wilder, und plötzlich rasten wir über die Autobahn! Scheiße, wir hatten uns auf die Autobahn verirrt! Tschick fuhr zwar ganz gut, hatte aber kaum Erfahrung mit Autobahnen. Verdammter Mist! Ich wollte nicht sterben. Vollbremsung! Gas!

Aber wir hatten Glück. Tschick baute keinen Unfall und schaffte es, schnell wieder von der Bahn abzufahren. Oh Mann, nie wieder Autobahn!

Eine Nacht im Lada

Wir waren uns ziemlich sicher, dass die Stadt Dresden im Süden lag. Also versuchten wir, Richtung Dresden zu fahren. Wir fuhren und fuhren. Vorbei an Wiesen und Wäldern, Weiden und Feldern. Am Abend zog ein schlimmes Unwetter auf. Es blitzte und donnerte, goss und stürmte. Und ein kräftiger Windstoß drückte uns fast von der Straße!

Es hatte keinen Sinn weiterzufahren. Wir mussten anhalten und abwarten. Das Unwetter dauerte ewig und verwandelte unsere Straße in eine Schlammlandschaft. Und alles drum herum auch. Heute konnten wir jedenfalls nicht mehr weiter. Der Lada wäre stecken geblieben. Und so verbrachten wir die erste Nacht unseres Abenteuers da, wo wir waren. In unserem Lada irgendwo zwischen Berlin und Dresden.

Maik lernt fahren

Ich konnte auf dem Autositz kaum schlafen und weckte Tschick gleich bei Sonnenaufgang. Wir aßen ein paar Kekse zum Frühstück und Tschick sagte: „Wird Zeit, dass du fahren lernst!“

Ich wollte erst nicht. Ich hatte Angst davor. Aber Tschick meinte: „Es wäre besser, wenn du es könntest.“ Und da hatte er wohl recht.

Wir fuhren eine Runde, und Tschick zeigte mir alles. Welche Pedale man trat und wie man schaltete. Das hatte ich zwar schon oft bei meinen Eltern gesehen. Ich hatte aber nie richtig hingeguckt. Ich wusste nicht mal, welches Pedal wofür war. Und jetzt war ich dran.

Ich übte stundenlang und war nass geschwitzt. Aber dann klappte es einigermaßen. Ich konnte anfahren und hoch- und runterschalten, ohne dass der Lada immer wieder ausging.

Ich machte eine Vollbremsung und fragte Tschick, wie das mit dem Kurzschließen geht. Das wollte ich jetzt auch noch wissen. Und Tschick erklärte es mir.

Gedanken

Wir saßen draußen vor einer kleinen Bäckerei, tranken Kaffee und aßen Brötchen. Auf dem Marktplatz des Dörfchens hielten regelmäßig Reisebusse. Reisebusse mit Rentnern drin. Alles voll mit Rentnern. Oberhalb vom Dorf gab es wohl eine Burgruine, die sie besichtigen wollten. Sie trugen alle beige oder braune Kleidung. Sie hatten alle ein lächerliches Hütchen auf. Und sie schleppten sich alle schwer atmend zur Ruine hoch.

Werde ich auch mal so? Der Gedanke daran machte mir Angst. Und auch ein bisschen traurig. Ich wollte nie beige oder braun werden und Tatjana sollte auch nie so werden.
„Psst!", machte Tschick und riss mich aus meinen Gedanken. Er hatte zwei Polizisten entdeckt. Sie überprüften die Kennzeichen der geparkten Autos. Unser Lada stand zum Glück etwas weiter weg. Wir verloren keine Zeit. Wir standen wortlos auf, gingen möglichst unauffällig zum Lada und fuhren zügig davon.

Bei der nächsten Gelegenheit tauschten wir unsere Nummernschilder mit denen eines anderen Wagens. Keine Ahnung, ob das eine gute Idee war. Aber wir dachten uns: Schaden kann es nicht.

Wir wollten den Lada aber trotzdem erst mal stehen lassen. Vorsichtshalber, auch mit den anderen Nummernschildern. Unser Plan war, ein oder zwei Tage im Wald zu bleiben und erst dann weiterzufahren. Wir fuhren also ein Stück in einen Wald hinein, packten unsere Rucksäcke und marschierten los.

Auf einem Hügel im Wald war eine kleine Plattform, die eine tolle Aussicht bot. Und ein Kiosk für die Besucher war auch da. Verhungern würden wir also nicht.

Den restlichen Tag lagen wir in der Sonne und dösten. Am Abend krochen wir in unsere Schlafsäcke und hörten den Grillen zu. Ich schaute in den funkelnden Sternenhimmel über mir und erschrak. Berührt war ich auch. Berührt und erschrocken zugleich. Wie winzig und unbedeutend wir waren. Wie winzig und unbedeutend alles eigentlich war. Wir lauschten dem Zirpen der Grillen.

Auf der Flucht

Am nächsten Morgen entschieden wir, doch sofort weiterzufahren. Wir wollten nicht noch einen Tag und eine Nacht im Wald hocken bleiben. Außerdem hatten wir Hunger. Wir hatten zwar Konservendosen, aber keinen Öffner mitgenommen. Nur Schokoriegel vom Kiosk waren auf die Dauer auch nicht so toll.

Wir waren erst ein paar Kilometer gefahren, da kamen wir an einem Wegweiser vorbei. Er wies den Weg zu einem weiteren Dorf und zu einem Supermarkt. Wir sahen den Laden schon von Weitem. Klasse, dachten wir. Der kommt uns gerade recht!

Wir fuhren durch das winzige Dorf und parkten etwas abseits. Dann gingen wir zu Fuß zum Supermarkt. Es musste ja nicht unbedingt einer mitkriegen, dass zwei 14-Jährige ein Auto fuhren.

Mit vollen Einkaufstüten kamen wir zurück. Als der Lada schon in Sicht war, musste ich dringend pinkeln. Ich verschwand kurz im Gebüsch. Tschick ging einfach weiter.

Als ich wieder aus den Büschen kam, war Tschick schon fast beim Lada.

Ich wollte ihn rufen, als plötzlich ein Mann auftauchte. Genau in der Mitte zwischen mir und Tschick. Er war wohl aus dem Haus gekommen und trug ein Fahrrad auf den Weg. Er drehte es um und stellte es auf Lenker und Sattel. Die Kette war abgesprungen, und er wollte sie wieder aufziehen.

Der Mann trug ein beiges Hemd und eine grüne Hose. Und auf dem Kopf hatte er eine weiße Mütze – ein Polizist! Ausgerechnet jetzt musste ein Polizist hier auftauchen!

Jetzt sah ich auch, was wir vorhin übersehen hatten: Am Haus hing ein kleines grün-weißes Schild. *Polizei* stand drauf! Wir hatten direkt bei der Dorfpolizei geparkt!

Noch hatte der Polizist uns nicht gesehen. Er war mit seinem Rad beschäftigt. Doch dann blickte er auf – und sah mich! Meine Beine fingen an zu zittern. Aber ich zwang mich, langsam weiterzugehen. Alles andere wäre verdächtig gewesen.

Ich hatte Glück! Der Polizist wandte sich wieder seinem Rad zu und zog die Kette auf. Dann guckte er aber noch mal hoch – und sah Tschick! Tschick war eben beim Lada angekommen und drehte sich zu mir um.

Er sah mich, er sah den Polizisten und begriff sofort. Tschick warf seine Einkaufstüte in den Lada, sprang hinterher und startete den Motor.

Der Polizist verlor keine Sekunde und rannte los. Und wie der rannte! So was hatte ich überhaupt noch nicht gesehen! Er beschleunigte wie ein Weltmeister und kam dem Lada immer näher. Aber Tschick trat voll aufs Gas und raste ihm davon. Oh Mann, das war echt knapp gewesen!

Dumm nur, dass der Polizist sich jetzt zu mir umdrehte! Ich ließ meine Tüte fallen und lief zu seinem Fahrrad. Ich schleuderte es herum und sprang auf den Sattel. Der Polizist brüllte, und ich stemmte mich mit meinem ganzen Gewicht in die Pedale.

Es war wie verhext! Ich trat mit aller Kraft, kam aber kaum von der Stelle. Und das Geschrei kam immer näher. Vor Angst und Anstrengung hatte ich schon Tränen in den Augen. Gleich hatte er mich! Er brauchte nur noch die Hand auszustrecken. Gleich ... Aber dann kam ich doch noch in Fahrt und schaffte es in letzter Sekunde abzuhauen! Was für ein Albtraum!

Allein

Ich war in Panik! Ich strampelte so schnell ich nur konnte durchs Dorf. Und war wahnsinnig froh, als es über einen kleinen Weg endlich in die Felder ging.

Und da lag ich nun. Irgendwo in einem Feld, das Fahrrad neben mir. Es wurde dunkel, ich war ganz allein und furchtbar aufgeregt. Was jetzt? Wie sollte ich Tschick je wiederfinden?

Ich nahm noch mal alle Kraft zusammen und dachte genau nach. Naheliegend wäre, sich an dem letzten Ort wiederzutreffen an dem wir in Sicherheit waren. Und das bedeutete für mich und Tschick: auf der Aussichtsplattform! Ich war sicher, Tschick hatte den gleichen Einfall. Ich war ja auch draufgekommen.

Bei Sonnenaufgang radelte ich los. Der Weg war nicht schwer zu finden. Aber es war viel weiter und anstrengender, als ich es mir vorgestellt hatte. Als ich endlich bei der Plattform ankam, war ich völlig fertig und verzweifelt. Ich hatte Hunger und Durst und hatte den Lada nirgends stehen sehen.

Was war ich erleichtert, als ich Tschick dann auf der Plattform sah!

Er saß auf einer Bank, trank ein Bier und grinste mich an. Ich war überglücklich und nahm erst mal einen kräftigen Schluck. Dann erzählten wir uns unsere Abenteuer des vergangenen Tages. Tschick sagte, er habe den Lada vorsichtshalber im Wald versteckt. Und der Lada habe übrigens auch wieder neue Nummernschilder!

Kein Benzin mehr

Später fuhren wir wieder auf die Autobahn. Diesmal aber mit Absicht. Wir fühlten uns sicher genug und wollten schneller vorankommen. Und das taten wir auch. Bis uns auffiel: Der Tank war fast leer!

„So ein Mist!", fluchte Tschick. „Warum haben wir da nicht eher dran gedacht?" Ich sah im ersten Moment kein großes Problem. Gleich kam die nächste Tankstelle und genug Geld hatten wir ja. Aber dann fiel mir ein, da gab es wohl doch ein Problem. Ich meine: Da kommen zwei Achtklässler angefahren und wollen tanken. Das war schon ein Problem.

Wir fuhren trotzdem bei der nächsten Raststätte ab. Was sollten wir machen? Der Tank war fast leer.
„Und jetzt?", fragte Tschick. „Wie sollen wir hier an Sprit kommen?"
„Ein anderes Auto nehmen", schlug ich vor.
„Wir können doch nicht jedes Mal ein neues Auto klauen, wenn der Tank leer ist!"
Tschick hatte natürlich recht. Aber ich wollte nicht, dass unser Abenteuer deswegen schon zu Ende war.

Da kam ich drauf, wie wir an Benzin kommen konnten. Wir mussten es doch nur aus einem anderen Auto rausholen! Und das war ganz leicht.

Man brauchte dafür nur einen Schlauch. Den steckte man in den Tank und saugte einmal dran. Dann lief das Benzin aus dem Schlauch raus. Das hatte ich mal in einem Film gesehen. Und gelesen hatte ich auch mal drüber.

„Das klappt nie", sagte Tschick. Aber da wir keine bessere Idee hatten, wollten wir's versuchen. Einen Kanister hatten wir im Lada, einen passenden Schlauch gab's bei der Tankstelle.

Wir warteten, bis es dunkel wurde und kein Mensch mehr auf der Straße unterwegs war. Dann machten wir uns auf die Suche nach einem Tankdeckel, der sich öffnen ließ. Es dauerte eine ganze Weile, und ich war schon fast am Verzweifeln. Aber dann fand Tschick zum Glück doch noch einen passenden Wagen. Der Tankdeckel von einem uralten Golf war kaputt und schloss nicht mehr.

Wir schauten uns noch mal um, ob auch keiner zuguckte, und machten uns an die Arbeit. Der Schlauch ging ohne Probleme in den Tank, und Benzin war auch drin. Aber raus kam keins. Ich saugte an dem Schlauch und merkte auch, wie Benzin hochstieg. Ich hatte den Sprit einmal sogar bis an den Lippen. Aber mehr als ein paar Tropfen kamen nicht raus aus dem Schlauch.

Ich versuchte es etliche Male, Tschick auch. Aber es klappte nicht. Schließlich gaben wir auf und Tschick fragte: „Wo hattest du das noch mal gelesen?"
Wir knieten zwischen den Autos und wussten nicht weiter. Da sagte plötzlich jemand: „Ihr beiden Süßen seid doch zu blöd zum Ficken!"

Isa

Wir schauten erschrocken hoch. Vor uns stand ein Mädchen, ungefähr so alt wie wir. Sie hatte schmale Augen, eine platte Nase und volle Lippen. Ihre Haare waren bunt, verfilzt und scheiße geschnitten. Ihre Klamotten versifft. Und außerdem müffelte sie furchtbar.

„Was bist du denn für ´ne Fotze?", platzte es aus Tschick heraus.
„Wenn ihr wollt, helf ich euch. Dafür kauft ihr mir was zu essen und nehmt mich mit."
Tschick wollte wieder was sagen, aber ich war schneller: „Okay, versuch's!" Wie gesagt: Ich wollte nicht, dass unser Abenteuer hier schon zu Ende war.

Das Mädchen steckte ein Ende vom Schlauch in den Tank. Das andere Ende und ihren Daumen in den Mund. Dann saugte sie ein paarmal kräftig.
Tschick stieß mich an und grinste. „Saugen kann die!", flüsterte er. Ich grinste zurück. Auch wenn ich nicht wusste, was er meinte.

Sie nahm den Schlauch mit dem Daumen darauf aus dem Mund. „So, jetzt geht's." Sie hielt den Schlauch in den Kanister und das Benzin schoss heraus. Von ganz allein, und es hörte gar nicht mehr auf!

Wir konnten es kaum glauben. „Wie heißt du?“, fragte ich.

„Isa. Und ihr?“

So lernten wir Isa kennen.

Am See

Als wir wieder auf der Autobahn waren, kurbelten Tschick und ich gleich die Scheiben runter. Damit es nicht ganz so schlimm müffelte. Isa saß auf der Rückbank, aß Brötchen und quasselte pausenlos. Sie war gar nicht so doof. Was sie sagte, klang ganz vernünftig. Sogar Tschick hörte ihr zu und nickte hin und wieder.

Wir waren nicht sicher, ob wir noch Richtung Dresden unterwegs waren. Wahrscheinlich nicht. Irgendwann fuhren wir wieder von der Autobahn ab und dann weiter auf einer Landstraße. Gegen Mitternacht sahen wir Berge vor uns. Wenig später kam ein Dorf und dann wieder ein Wald. Wir fuhren in den Wald hinein und kamen kurz darauf an einen winzigen See. „Guter Platz zum Übernachten", sagte Tschick.

Wir drei standen auf dem kleinen Steg des Sees und atmeten tief durch. Da hatten Tschick und ich die gleiche Idee: Wir packten die stinkende Isa und warfen sie ins Wasser! Isa kreischte und planschte wie eine Verrückte, schüttelte sich und fluchte wild.

Ich zeigte mit dem Finger auf sie und hielt mir den Bauch vor Lachen.

Aber ich hatte mich zu früh gefreut – Tschick schubste mich auch rein! Mann, war das Wasser kalt! Ich schrie und fluchte. Tschick lachte. Und Isa fluchte und lachte abwechselnd. Sie beschimpfte mich, schlug und trat mich. Wir balgten herum. Tschick nahm Anlauf und kam mit einer riesigen Arschbombe hinterher gesprungen.

Als wir wieder aus dem Wasser raus waren, zog Isa sofort ihre nassen Klamotten aus. Und ich meine: Sie zog wirklich *alles* aus! Sie wollte sich wohl nicht erkälten und die Klamotten trocknen. Jedenfalls, wir konnten es nicht fassen! Der Mond schien hell, man konnte alles gut sehen. Wir standen mit offenem Mund da und wussten gar nicht, wo wir zuerst hingucken sollten. Nur so viel: Isa war echt superscharf!

Ich gab Isa Sachen von mir, und Tschick und ich zogen uns auch um. Dann unterhielten wir uns noch ein bisschen. Dabei ließen wir ein Bier rumgehen und Tschick und Isa rauchten irgendwas. Und ehrlich gesagt: Ich zog auch mal dran.

Maik in Not

Als ich am Morgen aufwachte, lag Isa neben mir. Sie hatte sich auf den Ellenbogen gestützt und sah mich an. „Dein Freund ist im Dorf, einkaufen", sagte sie.

Isa hatte die oberen Knöpfe des Hemds auf. Sie trug nichts drunter, und ihre eine Brust war fast ganz zu sehen. Ich guckte natürlich hin.

Isa ließ mich gucken und lächelte. Dann fragte sie:
„Hast du schon mal gefickt?"
„Äh, was?" Ich war ganz verdattert.
Sie legte eine Hand auf meinen Oberschenkel.
„Hast du?", fragte sie und ließ ihre Hand langsam hochwandern.
Oh Gott! Das konnte doch wohl nicht wahr sein!
„Äh, nein", stammelte ich.
„Willst du?" Ihre Hand hatte ihr Ziel beinahe erreicht. Ich war kurz davor aufzuspringen, als wir plötzlich einen lauten Schrei hörten – es war Tschick!

Tschick muss ins Krankenhaus

Wir fanden Tschick im Wald liegen. Er mußte große Schmerzen haben. Er hielt sich den Knöchel und hatte Tränen in den Augen. „Scheiße, Mann! Ich bin umgeknickt!“, fluchte er.

Isa schaute sich den Knöchel an und befühlte ihn. Tschick stöhnte laut auf. „Sieht nicht gut aus“, sagte sie. „Er muss zum Arzt.“
„In dem Kaff gibt’s keinen Arzt!“, stöhnte Tschick. Er meinte das Dorf, in dem er zum Einkaufen war.
„Dann eben ins nächste Krankenhaus“, sagte ich. „Wir müssen zurück auf die Autobahn und fahren dann bei der nächsten größeren Stadt ab!“
„Du musst aber fahren, das ist dir hoffentlich klar!“, sagte Tschick.
Oh Mann, daran hatte ich gar nicht gedacht! „Na klar ist mir das klar!“, antwortete ich.

Ich nahm die Einkaufstüte. Wir stützten Tschick, sodass er zum Lada humpeln konnte. Dann packten Isa und ich unseren Kram zusammen, und los ging es!

Noch bevor ich den ersten Gang eingelegt hatte, war ich nass geschwitzt. „Ganz ruhig jetzt, Alter. Du kriegst das hin!“, wollte Tschick mich beruhigen.

„Klar, du schaffst das“, sagte auch Isa. Sie saß auf der Rückbank und legte mir ihre Hand auf die Schulter.

Ich brauchte einige Versuche, aber dann klappte es wieder mit dem Fahren. Einigermaßen jedenfalls. Tschick redete mir gut zu und half mir, so gut er konnte.

Je näher wir der Autobahn kamen, desto mehr Schiss bekam ich natürlich. Aber was sollte ich machen? Tschick musste ja ins Krankenhaus!

Und dann war es so weit. Ich nahm allen Mut zusammen, trat voll auf das Pedal und raste auf die Autobahn!

Abschied

Ich blieb auf der rechten Spur, klammerte mich ans Lenkrad und starrte geradeaus. Der Schweiß lief herunter. Ich zitterte. Wagte kaum zu atmen. Und wenn einer mit 200 an mir vorbeirauschte, zuckte ich zusammen. Oh Gott, dachte ich. Oh Gott, hoffentlich geht das gut! Hoffentlich geht das gut!

Tschick und Isa versuchten mich zu beruhigen. Und tatsächlich ließ meine Aufregung langsam nach. Ich wurde ruhiger.

Wir waren ein paar Kilometer gefahren, da sagte Isa: „An der nächsten Raststätte kannst du mich rauslassen." Sie wollte nicht mit ins Krankenhaus und lieber allein weiter. Vielleicht hatte sie aber auch einfach keine Lust, mit uns auf der Autobahn zu sterben. Keine Ahnung. Jedenfalls fuhr ich bei der nächsten Raststätte ab. Auch wenn ich das nicht gern tat. Ich mochte Isa nämlich.

„Kannst du mir vielleicht 30 Euro leihen?", fragte sie. „Ich geb's dir wieder, ich schwör's! Schreib mir deine Adresse auf. Ich schick dir dann das Geld, versprochen!"
Ich zögerte kurz. Dann schrieb ich ihr meine Adresse auf und gab ihr das Geld.

„Super, danke!" Isa beugte sich nach vorn und küsste mich auf den Mund. Tschick bekam ein Küsschen auf die Wange, und weg war sie.

Maik, der Rennfahrer

Als wir wieder auf der Autobahn waren, sagte Tschick: „Jetzt bist du wohl verknallt in Isa?“
Ich sagte erst mal nichts. Dann antwortete ich: „Ich glaub schon.“
„Und in Tatjana auch noch.“
„Glaub schon.“
„Vergiss Tatjana. Verglichen mit Isa ist sie ´ne hohle Nuss. Glaub mir, ich kann das beurteilen. Und jetzt gib Gas, mein Fuß tut echt weh!“

Was hatte Tschick da eben gesagt? Tatjana vergessen? Hohle Nuss? Ich hatte im Augenblick keine Zeit, darüber weiter nachzudenken. Ich trat das Gaspedal voll durch, und die Tachonadel wanderte immer weiter nach rechts. Langsam, aber stetig.

Der Lada fuhr unruhig, ruckelte etwas. Ich hielt das Lenkrad so fest wie ich konnte. Wir waren immer noch auf der rechten Spur. Wir näherten uns den Autos vor uns. Der Abstand wurde immer kleiner. „Okay“, sagte Tschick. „Entweder du fährst langsamer oder du überholst. Traust du dir das zu?“
„Klar!“, rief ich. Langsamer fahren kam gar nicht in Frage. Ich war jetzt Maik Klingenberg, der Rennfahrer! Und außerdem musste Tschick ins Krankenhaus.

Ich wollte grade zum Überholen ansetzen und auf die mittlere Spur rüberziehen, da schrie Tschick: „Oh Scheiße, die Bullen sind hinter uns! Wir sind zu schnell!“

Schrecksekunden! Ich schaute mich ruckartig um und zog dabei das Steuer mit! Tschick griff blitzschnell ins Lenkrad und verhinderte das Allerschlimmste. Aber der Lada kam trotzdem ins Schlingern, und Tschick kreischte: „BREEEMS!!! BREEEEEMS!!!“

Ich hatte immer getan, was Tschick mir gesagt hatte. Und das machte ich auch jetzt. Ich trat mit voller Kraft auf die Bremse – und das war's. An mehr kann ich mich nicht erinnern.

Im Krankenhaus

Als ich wieder aufwachte, war es dunkel. Ich lag auf dem Rücken. Ich lag in einem Bett. In einem dunklen Raum. Da waren leise Geräusche. Irgendwelche Geräte. Und Atmen. Ich war wohl nicht allein. Und es roch komisch. Ganz anders als zu Hause. Nach Putzmittel oder so. Aber nicht nur. Auch nach Scheiße. Und Pisse. Alles zusammen.

Als ich das nächste Mal wach wurde, schien die Sonne in das Zimmer. Vor meinem Bett standen zwei Männer. Sie sprachen miteinander. Der eine trug einen weißen Kittel und hatte so ein Horchding um den Hals. Ein Arzt. Ich war im Krankenhaus. Der andere Mann war mein Vater. Meine Mutter saß am Bett und hielt meine Hand. Sie sah erschöpft aus. Ich schlief wieder ein.

Beim nächsten Aufwachen fühlte ich mich schon etwas besser. Es standen wieder zwei Männer vor meinem Bett und unterhielten sich. Wieder der Arzt, aber diesmal mit einem Polizisten. Mutter war auch wieder da. Sie stand neben dem Arzt. Mein Vater war nicht da.

Der Polizist setzte sich zu mir, Mutter stellte sich hinter ihn.

Der Arzt blieb am Fußende stehen und hörte zu. „Maik, ich habe ein paar Fragen an dich", begann der Polizist. Und dann stellte er mir seine Fragen. Ich erinnerte mich daran, was Tschick mal zu mir gesagt hatte: „Das Beste ist, man hält die Klappe." Und genau das tat ich auch.

Wieder zu Hause

Der Unfall war jetzt vier Wochen her, und ich war wieder zu Hause.

Wir hatten wahnsinniges Glück gehabt. Ich hatte eine Vollbremsung hingelegt, und dann waren wir in die Leitplanke gekracht. Die Polizisten haben natürlich sofort geholfen, den Notarzt gerufen und alles.

Ich hatte ein Schleudertrauma und eine böse Verletzung am Bein. Meine halbe Wade war weg. Das war aber auch schon das Schlimmste, sonst nur Kleinigkeiten. Was Tschick wohl abgekriegt hatte? Es war wohl auch nicht allzu schlimm gewesen. Tschick war schon wieder raus aus dem Krankenhaus. Sie haben ihn in ein Heim gesteckt.

Wir hatten seit dem Unfall nicht miteinander gesprochen. Tschick durfte die erste Zeit im Heim keinen Kontakt nach draußen haben. Keinen Besuch, keine Anrufe, keine E-Mails, keine Briefe. Nicht mal SMS, nichts.

Mein Vater tobte, als ich wieder zu Hause war. Er packte mich an den Schultern, schüttelte mich und schrie mich an: „Du verdammter Vollidiot!

Du hast mächtig Scheiße gebaut, weißt du das?! Gott, warum bist du nur so scheißdämlich?!“ Dann scheuerte er mir eine, und ich fiel hin.

Er schrie weiter, dass ich bei der Gerichtsverhandlung alles auf meinen „assigen Russenfreund“ schieben soll. Es gab natürlich eine Gerichtsverhandlung. Schließlich waren zwei 14-jährige Achtklässler mit einem geklauten Auto durch die Gegend gefahren. Und haben dann den schweren Unfall mit Totalschaden gebaut. „Du bist da reingerissen worden von diesem russischen Asi. Und das erzählst du dem Richter!“, schrie er. „Und wenn nicht – gnade dir Gott!“

Ich hatte mich gerade wieder hochgerappelt und sagte: „Ich erzähl dem Richter, was passiert ist. Der ist doch nicht blöd.“ Und da war es vorbei, mein Vater rastete aus. Er schlug mich wieder zu Boden, stürzte sich auf mich und prügelte los. Und als er damit fertig war, setzte es Tritte. Und was dann kam, weiß ich nicht mehr genau.

Ich erinnere mich nur noch, dass meine Mutter ins Zimmer kam. Sie hatte ein Glas in der Hand, hustete und sagte: „Ach Gott, ach Gott!“

Vor Gericht

Tschick und ich sahen uns das erste Mal seit unserem Abenteuer wieder. Wir freuten uns riesig und fielen uns in die Arme. Tschick war mit einer Frau vom Heim zur Verhandlung gekommen, ich mit meinen Eltern.

Wir erzählten dem Richter im Großen und Ganzen das Gleiche und im Grunde die Wahrheit. Er wollte wissen: *Wo, wann* und *wie* hatten wir den Lada geklaut? *Wo* waren wir damit gewesen? *Wie* kam es zu dem Unfall? Und *warum* hatten wir das überhaupt gemacht?

Die letzte Frage zu beantworten fiel mir nicht leicht. Aber ich sagte trotzdem die Wahrheit.
Ich sagte: „Weil ich einmal in meinem Leben kein Langweiler und Feigling sein wollte."

Der Richter mochte uns wohl. Jedenfalls steckte er uns nicht lebenslänglich ins Gefängnis. Was mich ehrlich gesagt überraschte. Tschick musste weiter im Heim bleiben, wo er sowieso schon war. Und ich musste 30 Sozialstunden leisten. Und das war es auch schon.

Der Brief

Was gibt es noch zu erzählen?

Ich durfte Tschick bald endlich im Heim besuchen. Und Tatjana fand mich auf einmal gar nicht mehr so doof und langweilig. Ich war jetzt nicht mehr nur Luft für sie, war ihr nicht mehr total egal. Sie schrieb mir sogar ein Zettelchen im Unterricht. Und ich ihr eins zurück. Dumm nur, dass es im Fach Geschichte war. Wagenbach fing meinen Zettel ab – und was dann kam, war weniger lustig!

Mein Vater zog mit Mona zusammen. Ich blieb mit Mutter in unserem Haus. Als mein Vater weg war, kam sie mit ihrem Glas in der Hand zu mir. Sie sagte: „Merk dir eins im Leben: Das ist alles scheißegal." Dabei zeigte sie einmal rundum. „Es ist scheißegal, was du hast. Wichtig ist nur, dass du glücklich bist. Nur das zählt!"

Ein paar Tage später bekam ich einen Brief. Ich meine, keine Mail oder so was. Einen echten Brief! Ich dachte erst, er sei von Tschick. Aber er war von Isa! Ich rannte sofort nach oben, warf mich aufs Bett und las.

Hi Süßer! Wie geht's dir? Habt ihr es ins Krankenhaus geschafft? Geht's deinem Freund besser? Ich fand's gut mich euch! Nächste Woche komm ich nach Berlin. Wollen wir uns treffen? Ich bin am Sonntag um 17 Uhr auf'm Alex! Kuss, Isa

Wow! Ob ich hingehen würde? Na klar!

Der Roman *Tschick*

Der deutsche Roman *Tschick* erschien 2010 im Rowohlt Verlag und wurde bislang in 16 Sprachen übersetzt. Wolfgang Herrndorf hat ihn geschrieben.

2011 wurde *Tschick* mit dem Deutschen Jugend-Literatur-Preis geehrt. Eine wichtige Auszeichnung, die jedes Jahr an Autoren von Kinder- und Jugendbüchern vergeben wird.
Außerdem bekam Wolfgang Herrndorf für *Tschick* 2011 den Clemens-Brentano-Preis der Stadt Heidelberg. Und 2012 den Hans-Fallada-Preis der Stadt Neumünster.

Tschick gibt es seit 2011 auch als Theaterstück.
Und seit 2012 als Hörbuch und NDR-Hörspiel, erschienen im Argon Verlag.

Wolfgang Herrndorf wurde 1965 geboren. Er war sehr krank und starb im Sommer 2013 im Alter von nur 48 Jahren.

Wörterliste

Alex
Der Alexanderplatz in Berlin.

Allergie
Eine krankhafte Reaktion des Körpers auf bestimmte Stoffe. Wer eine Allergie hat, bekommt zum Beispiel Hautausschlag, Atemnot oder muss oft niesen.

Anschnauzen
Unfreundlich und in scharfem Ton mit jemandem reden.

Arschbombe
Ein Sprung, bei dem das Wasser besonders hoch und weit spritzt.

Asi
Kurz für Asozialer; jemand, der sich unsozial, unmoralisch verhält.

Assig
Asozial.

Ausrasten
Die Kontrolle über sich verlieren.

Beyoncé
Beyoncé Knowles (geboren 1981). Beyoncé ist eine amerikanische Sängerin.

Block
Hier Wohnviertel, Siedlung.

Bullen
Hier abwertend für Polizisten.

Burgruine
Eine alte, zerfallene Burg.

Den Arsch ins Auto schwingen
Sich ins Auto setzen.

Durch den Osten
Durch Ostdeutschland.

Eine in die Fresse kriegen
Ins Gesicht geschlagen werden.

Eine Menge Kohle
Hier viel Geld.

Eine scheuern
Eine Ohrfeige geben.

Entzugsklinik
Ein besonderes Krankenhaus für Menschen, die süchtig nach Alkohol sind.

Ficken
Sex haben, mit jemandem schlafen.

Flicken
Hier ein Loch im Schlauch zukleben, einen Schlauch reparieren.

Flickzeug
Werkzeug zur Reparatur eines Fahrradschlauchs.

Förderschule
Schule für Kinder, die mehr als andere Kinder unterstützt werden müssen.

Fotze
Hier dumme Kuh, Weibsbild.

Fremdgehen
In einer Partnerschaft untreu sein.

Googeln
Mit der Suchmaschine Google im Internet suchen.

Gute Noten nach Hause bringen
Gut in der Schule sein.

Heulen
Hier weinen.

Hochrappeln
Mit Mühe aufstehen.

Hohle Nuss
Dumme Person.

Horchding
Der Fachbegriff heißt Stethoskop, ein medizinisches Instrument zum Abhören. Der Arzt kann damit zum Beispiel Herz und Lunge kontrollieren.

Joint
Eine Zigarette, die Haschisch oder Marihuana (Drogen) enthält.

Klappe halten
Nichts sagen, schweigen.

Kurzschließen
Wenn man ein Auto kurzschließt, kann man es ohne Zündschlüssel starten. Diebe machen das, um Autos zu klauen.

Lada
Lada ist eine russische Automarke.

Mit 200
Mit 200 km/h, also sehr schnell.

Mit 60
Mit 60 km/h, also viel zu schnell für eine Wohngegend.

Mozart
Wolfgang Amadeus Mozart (1756-1791). Mozart war ein österreichischer Komponist. Er schrieb Musik, zum Beispiel Opern und Klaviermusik.

Müffeln
Stinken.

Muschis
Hier Feiglinge, Schisser.

Nazi
Kurz für Nationalsozialist, ein Anhänger des Nationalsozialismus.

NDR-Hörspiel
Ein Hörspiel, das der Norddeutsche Rundfunk produziert hat.

Pool
Hier Schwimmbecken.

Schleudertrauma
Die häufigste Verletzung bei Autounfällen. Ein Schleudertrauma verursacht zum Beispiel Kopf- und Nackenschmerzen und Schwindel.

Schwanzlutscher
Hier Arsch, Arschloch.

Sitzen bleiben
Hier nicht in die nächste Klasse versetzt werden.

Sozialstunden
Eine vom Gericht angeordnete Arbeit in einer sozialen Einrichtung, zum Beispiel in Behindertenstätten, Krankenhäusern, Kindergärten oder Altenheimen.

Sprit
Benzin.

Tachonadel
Der Zeiger des Geschwindigkeitsmessers.

Verdattert
Durcheinander, verwirrt.

Verknallt
Verliebt.

Versifft
Verschmutzt.

Zu blöd zum Ficken
Vollkommen unfähig.